Onderdanige studente 2
Overheersing en erotische onderwerping
Erika Sanders

ERIKA SANDERS

Onderdanige studente 2
Erika Sanders

Serie
Overheersing en erotische onderwerping

Korte inhoud

Onderdanige studente 2 is een verhaal met een sterk erotisch BDSM-gehalte en behoort op zijn beurt tot de Erotic Domination-collectie, een serie romans met een hoog romantisch en erotisch BDSM-gehalte.

(Alle personages zijn 18 jaar of ouder)

Opmerking over de auteur:

Erika Sanders is een internationaal bekende schrijfster, vertaald in meer dan twintig talen, die haar meest erotische geschriften, ver van haar gebruikelijke proza, ondertekent met haar meisjesnaam.

Inhoudsopgave:

ONDERDANIGE STUDENTE 2
ERIKA SANDERS

11

HOOFDSTUK 1

"Je eerste opdracht is misschien gebaseerd op verschillende stukken literatuur, maar onthoud dat het cruciaal is om je te concentreren op de onderliggende thema's, motieven en culturele houding van de werken."

De stem van professor Geoffrey Johnson klonk door de hele kamer.

Met donkergroene ogen, bruin haar en een slank lichaam van ongeveer twee meter lang straalde hij charme, autoriteit en zelfvertrouwen uit.

Hij exposeerde de twintig studenten in zijn afstudeerklas Exploration of Historical Cultures.

Ze leken allemaal aandachtig te luisteren en namen het duidelijk heel serieus als onderwerp van hun cursus.

Ze verwachtten natuurlijk veel van hem.

Ondanks dat hij zijn eerste jaar als leraar was, was hij op zijn achtentwintigste een van de jongste leden van de faculteit. Hij had al snel de reputatie een stoere leraar te zijn met een streng curriculum.

In feite waren veel studenten afgewezen of stonden ze op een wachtlijst om dit semester de cursus te volgen.

"Je zou bijvoorbeeld kunnen gaan voor iets klassieks als The Odyssey of je kunt weggaan van de grenzen van liturgische parafernalia en iets meer ... aantrekkelijks creëren; maar ik betwijfel of jullie de eerste keer indruk op me zullen maken," vervolgde hij.

Zijn blik viel op een zwartharig meisje op de tweede rij, dat hem aanstaarde met lichtgrijze ogen en een stijlvolle bril met zwarte montuur.

Ze had een bezorgde uitdrukking op haar gezicht met een lichte frons en mooie roze lippen.

"Er is iets mis, juffrouw ...", keek hij naar zijn lijst met "Sanchez?"
Ze heeft geantwoord.

'Umm ... Nee. Jeannie, alsjeblieft. De meeste mensen noemen me Jeanny.'

'Ik ben niet de meeste mensen, juffrouw Sanchez. Maar je zult het snel genoeg ontdekken. Nu, zoals ik al zei ...,'

Maar Jeannie luisterde niet meer.

Het was zijn eerste jaar als afgestudeerde student en op zijn tweeëntwintigste was hij eindelijk in staat geweest om ver genoeg van huis en familie te reizen om een schijn van vrijheid en onafhankelijkheid te hebben.

Ze keek al zo lang uit naar ervaringen op de universiteit en een opwindend leven, en het was een verrassing dat ze arrogante, aantrekkelijke professoren op haar verlanglijstje vond.

Wacht, sexy?

Ze schudde haar hoofd en probeerde haar hoofd leeg te maken.

Wat bedoelde u met 'ik ben niet de meeste mensen'?

Ze moest met hem praten over deze opdracht, maar zijn manieren tijdens de les hadden haar alleen maar geïntimideerd en geplaagd.

Vaag hoorde hij het geluid van papieren en mensen die de kamer verlieten.

Ze kwam uit haar mijmerij, pakte haar spullen en vertrok.

Vanuit zijn ooghoek zag Geof, zoals hij bekend stond als goede vrienden en familie, Jeannie vertrekken.

Gekleed in een gele trui met kraag, een zwarte rok en een legging, was ze een heel aantrekkelijk beeld.

Ze had rondingen op de juiste plaatsen en haar trui verwees naar grote, ronde borsten die ze graag zou aanraken, strelen en zuigen.

Al was het maar ...

Ze was een student omdat ze hardop huilde!

Ze passeerde hem, een lichte kleur op haar wangen en hij vroeg zich af ...

'Juffrouw Sanchez,' klonk zijn stem door de lege kamer.

Ze draaide zich om en keek hem verwachtingsvol aan.

'Het leek erop dat u zich zorgen maakte over huiswerk. Kom morgen alstublieft langs bij mijn kantoor om het te bespreken.'

Voordat ze kon reageren, kwam hij naar buiten en streek zachtjes over haar schouder.

De aanraking was elektrisch.

Hij hoorde haar zacht naar adem snakken, bleef een milliseconde staan en bleef zonder om te kijken doorlopen.

Had hij haar net naar zijn kantoor gestuurd?

Jeannie wist niet wat ze daarvan moest denken.

Hoe wist je dat ze een dringend probleem had met haar toegewezen baan?

Meer nog, had hij de knetterende elektriciteit gevoeld?

Hij was een leraar!

Zo moet je niet denken!

Maar waarom kon hij niet anders dan kijken naar zijn brede schouders die zich in de verte terugtrokken?

HOOFDSTUK 2

Hij hoorde de zachte, aarzelende klop op de deur.

Goed.

Ze was in de war.

Hij kon het voelen.

'Kom binnen,' zei hij.

Hij wist niet hoe hij zeker wist dat zij degene aan de deur was, maar hij wist het.

Ze glipte naar binnen en sloot de deur geruisloos achter zich.

'Hallo professor,' groette hij zenuwachtig.

Zijn blik viel haar op.

Haar haar was een klein stukje om haar schouders gescheiden en ze was gekleed in lichtbruine laarzen, een smaragdgroene sweaterjurk en kousen.

Op aanwijzing van hem ging ze in de stoel voor haar bureau zitten.

Hij schraapte zijn keel.

'Dus, Jean. Hoe kan ik je helpen?'

Zij begon.

'Help me? Je hebt me gevraagd om te komen.'

Jean? Was hij een bipolaire man? Wat is er met mevrouw Sánchez gebeurd en 'ik ben niet zoals de meeste mensen'?

'Ja, want ik dacht dat je vragen had over huiswerk ...'

'Nou ja. Maar ... hoe weet je dat? ...'

Hij trok gewoon zijn wenkbrauwen op.

'Maakt niet uit, denk ik,' vervolgde ze haastig. "Ik heb problemen met de deadline. Ik begrijp dat je wilt dat deze op vrijdag van volgende week afloopt, maar ik heb dringende persoonlijke problemen dat ze me niet op tijd zullen laten komen. Ik hoopte dat je me uitstel zou verlenen. uitwisseling, zou ik een document langer kunnen schrijven of misschien twee banen of iets anders onderzoeken dat de tijdsduur rechtvaardigt. "

Zijn borst klapte terwijl hij met de armband om zijn pols friemelde, ongetwijfeld een nerveus gebaar.

Hij bekeek alles op een ongedwongen manier, terwijl hij te allen tijde een pokerface behield.

Wat dacht deze man?

'Dat is te veel gevraagd voor de eerste week van het semester, Jean.'

Daar was het weer, die zware nadruk op een korte versie van zijn naam.

Niemand noemde haar Jean.

Jeanny, ja, maar hij had die bijnaam al afgewezen.

Ze hield haar adem in. Ze had die verlenging echt nodig.

"Oké, ik geef je de extensie, maar op één voorwaarde. Ik wil niet dat je je essay baseert op iets klassieks. Concentreer je op een meer ander, minder conventioneel, krachtiger onderwerp of onderwerp, misschien zelfs ... " Hij stopte.

'Zelfs?', Vroeg ze met een zware adem.

Er was iets met de intensiteit van zijn stem, de onderliggende passie in zijn ogen, het glazige enthousiasme in zijn houding dat haar vingers deed knikken.

Dat deed haar denken dat hij het over meer had dan alleen een baan.

"... met erotische kracht", zweefden zijn woorden in de lucht, zijn ogen strak op de hare gericht.

"Hoe is dat?"

'Wil je echt dat ik het je laat zien, Jean?'

Zwijgend knikte ze.

'Kun je een geheim bewaren, Jean? Ik kan je het verschil, de kracht, het mysterie, de intriges en vooral jezelf laten zien. Maar daarvoor moet je een geheim bewaren.'

Ze staarde hem met grote ogen aan toen hij rond de tafel kwam en haar langzaam, voorzichtig, roofzuchtig naderde.

Hij stopte achter zijn stoel en leunde naar voren tot zijn mond een centimeter van haar oor verwijderd was.

Er verschenen kippenvel op haar lichaam toen ze zijn ongelooflijk heerlijke eau de cologne inademde.

Hij rook een mengsel van man en muskus en straalde een wilde hitte uit die haar verraste.

'Kun je een geheim bewaren, jongedame?'

Ze ademde in terwijl de warme lucht haar nek kriebelde.

Ze draaide zich om en keek in zijn vloeibaargroene ogen, en knikte opnieuw stil.

'Weet je het zeker? Dit is de laatste keer dat ik het hem vraag, Jean, en dan is er geen weg meer terug. Dit wordt GEEN onderwerp van gesprek meer, vroeg hij, terwijl hij lichtjes haar keel streelde.

Hij hoorde een zacht gekreun en glimlachte.

'Laat het me zien, professor Johnson, fluisterde ze.

'Nu zijn we toch vrienden? Noem me maar Geof, zei hij.

'Laat het me zien, Geof, mompelde hij met een luidere stem.

Dat was alles wat hij nodig had.

Hij begon haar schouders lichtjes te masseren en voelde de strakke knopen in haar rug.

'Sluit je ogen, Jean. Voel mijn aanraking. Voel hoe mijn vingers je schouders strelen, mijn adem tegen je huid, mijn stem in je hoofd, mompelde hij.

Zijn handen gleden langzaam over de riem van de jurk met één schouder, zijn handen gleden langs haar gladde huid.

Ze zat roerloos en voelde de vloeibare warmte zich tussen haar benen ontwikkelen.

Ze wist niet hoe of waarom dit was gebeurd, maar God, ze wilde niet dat hij stopte.

Zijn handen bleven langs haar arm naar haar elleboog glijden en dan weer omhoog.

Langzaam liet hij een hand van haar sleutelbeen naar haar borsten glijden, schoof onder haar jurk door en streek over het bovenste deel van haar rechterborst.

Ze kromp ineen van verwachting, haar tepels al strak gespannen, aandachtig.

De man had haar amper aangeraakt en ze was al een bibberende puinhoop.

Inch voor inch, verleidelijk, kwellend, bewoog zijn hand lager, en onder de stof van haar beha.

Zijn andere hand ging door met het masseren van haar andere schouder die nog steeds bedekt was.

'Voel dit, Jean,' ademde hij opnieuw, deze keer dichter bij haar oor, en kreeg een elektrische schok langs haar ruggengraat.

Ze voelde zijn vingers haar rechterborst omsingelen en ze voelde hoe hij dichter bij haar tepel kwam.

Maar hij streelde haar alleen, cirkelde zachtjes om haar tepel en raakte hem niet aan.

Hij maakte haar gek.

"Kom op!" kreunde ze.

"Stil ... jongedame. Geduld."

Hij vervolgde zijn zachte spel en veroorzaakte zijn razernij.

Plots kuste hij haar nek en kneep hij tegelijkertijd hard in haar tepel.

Ze huiverde bijna van het orgasme van de aanraking, kreunend en kreunend terwijl hij in het strakke kleine cocon kneep en kneep.

'Oh, je bent zo mooi Jean. Zo mooi, gretig en zo ontmaskerd.'

Hij stond nog steeds achter haar, draaide zijn hoofd om en sloot zijn mond over die van haar.

Haar mond smaakte naar vanille en kruiden en door haar unieke geur verloor hij de controle.

Zijn zachte lippen gaven toe en zijn tong drong haar mond binnen met een wreedheid die ze nooit eerder had gekend.

Hij had haar nodig, op zijn eigen manier, en binnenkort.

De aanblik van haar ronde borstkas ineengedoken in zijn hand, hoewel bedekt door kleding, haar overdreven bereidwillige reacties en haar onschuldig kwetsbare naar adem snakken maakten hem gek.

Zonder de kus te stoppen, dwong hij haar overeind en drukte haar tegen zich aan, terwijl hij haar mond nam met een blinde hartstocht die hij niet had verwacht.

Ze reageerde tegelijk, haalde haar handen door haar haar, kwam dichterbij, ademde haveloos en verrukt terwijl haar handen over haar rug en billen dwaalden.

Zijn handen liepen over haar bedekte dijen, tot aan haar knieën en langzaam weer omhoog.

Hij ging verder langs haar been en stopte slechts een klein beetje toen hij de blote huid van haar kousen aanraakte.

Hij klom verder, kuste haar nog steeds, met zijn rug naar de tafel met haar lichaam tegen zich aan.

Hij verschoof haar slipje, schoof haar buik op en pakte de rits aan de voorkant van haar rode kanten beha.

Behendig maakte hij de knoopjes los en liet haar borsten los.

'Strapless, juffrouw Sanchez? Dat vind ik goed,' zei ze waarderend terwijl ze haar beha onder haar jurk vandaan trok. 'Ik denk dat ik dit bij me ga houden.'

Hij bracht zijn mond dicht bij de hare terwijl ze naar adem hapte, kreunend en kreunend terwijl zijn handen over haar borsten dwaalden, ze kneedde en streelde ze met voortdurende gekmakende kneepjes tegen haar tepels.

Haar handen dwaalden over zijn rug en haar heupen leunden tegen zijn groeiende erectie.

Ze hield van deze man en gaf niet om haar persoonlijke verlangen om nog even op haar vriend te wachten.

Wat hij niet wist, zou hem geen kwaad doen.

Ze voelde hoe hij zijn handen naar beneden schoof en voelde zijn handen in de zachte krullen die in haar slipje verborgen waren.

Zijn handen bleven bewegen, ondanks de manier waarop ze zich aanspande, wat ze wist dat hij gevoeld moest hebben.

Voorzichtig, sensueel en vol bewondering terwijl hij ging, deed hij zijn lippen uit elkaar en liet een vinger langs haar natte poesje glijden.

Ze schokte bijna bij zijn aanraking.

Hij behield een ritmische beweging, bewoog zijn vinger op en neer en concentreerde zich toen op haar clitoris.

Hij wreef met ronddraaiende bewegingen over de kleine knop en bootste de beweging na met zijn tong terwijl hij haar kuste.

Ze kreunde, maar hij stopte niet.

Meedogenloos concentreerde hij zich op haar klitje en ze drukte zich tegen hem aan.

"Oh alsjeblieft, oh alsjeblieft. Geof, oh God, Geof," schreeuwde ze.

'Dat klopt, geef het aan mij, Jean, geef jezelf aan mij. Laat zien dat je er klaar voor bent.'

"Oh Geof alsjeblieft oh oh oh ..." Hij bleef haar wrijven, en net toen hij haar voelde loslaten, gleed hij een lange vinger in haar, haar langzaam neukend terwijl ze om hem heen kwam. "Oh, ah, God, Geof, oh, er gebeurt iets ..." en ze explodeerde op haar vingers.

Hij voelde haar strakke kutje om zijn vingers klemmen, voelde haar klit nog meer verstijven en genoot van de trillende orgastische bewegingen van haar lichaam.

'Dat is prima, Jean. Neem het voor mij aan. Kijk wat ik je kan laten doen,' gromde hij zacht in haar oor.

Nog steeds aan het bijkomen van de naschokken van haar eerste orgasme, glinsterde ze van het zweet en mompelde ze schaapachtig:

"Ik heb dat nog nooit eerder gedaan Geof, het was ..." hij stierf weg, een blik van puur geluk, verrassing en vrede op zijn gezicht.

"Wat? Ben je maagd?" Vroeg hij woedend, terwijl hij zijn vingers liet glijden, haar jurk glad streek en haar aanstaarde. 'Weet je waar je aan begint, Jean? O god, om na te denken over wat ik voor je had gepland, zonder dat je dit eerder hebt gedaan!'

"Wat? Wat is er? Ik kan deze Geof doen, ik wil dat je me meer laat zien. Dit was het beste dat me ooit is overkomen." Ze kwam dichterbij. 'Laat me het verschil zien, Geof. Laat me de intriges, het mysterie ... mezelf zien.'

Hij glimlachte toen hij hoorde dat zijn eigen woorden uit haar mond terugkeerden.

'Oké. Kom vanavond om acht uur naar mij toe. Kom niet te laat. Verander je niet, gedraag je, en ik zal overwegen om vanavond je beha terug te geven.'

'Wacht wat? Zijn we al klaar? Je gaat niet ... weet je?' mompelde ze verlegen.

'Ga wat, juffrouw Sanchez? Rot op? Alles op tijd, meid. Ik zie je vanavond.'

Hij knipoogde naar haar, gaf haar nog een laatste kus en ging achter haar bureau staan.

Nog steeds versuft pakte ze haar spullen en liep naar de deur.

'Trouwens, juffrouw Sanchez,' schreeuwde hij, 'je zult me die krant nog moeten sturen binnen je extensie.'

HOOFDSTUK 3

Hij tuurde door de jaloezieën toen hij de auto op de oprit zag stoppen.

Haar maagdelijkheid maakte dingen ingewikkeld, maar niet zozeer.

Ze had er toch om gevraagd.

Ook kon hij zich niet voorstellen dat hij haar op een andere manier zou hebben.

Hij had haar nodig om haar te onderwerpen.

Ze was beslist zijn type.

Zijn verwachting groeide toen hij haar naar de deur zag lopen.

20.00 uur stipt.

Nou, hij hield van punctuele vrouwen, en hij hield vooral van een punctuele Jean.

Hij liep naar hem toe en deed de deur open.

'Hoi Jean. Lang niet gezien,' glimlachte hij toen ze de drempel overschreed.

Hij kon haar rechtopstaande tepels en de omtrek van haar behaloze borsten zien tegen de smaragdgroene sweaterjurk van de middag.

Hij keek haar onbeschaamd en waarderend aan.

Ze kronkelde onder zijn openhartige blik.

'Ik droeg deze jurk omdat het me aan je ogen deed denken, weet je,' zei ze zachtjes met een verlegen glimlach op haar gezicht.

Hij onderdrukte zijn verbazing, verrast door de pure eerlijkheid van haar bekentenis.

"Oh Jean"

Hij trok aan haar hand, trok haar naar zich toe en raakte de hare lichtjes met zijn lippen aan.

'Ik heb je gewild sinds ik je in die klas zag. Kom.'

Hij deed de deur dicht en leidde haar naar binnen.

Het huis was prachtig, maar ze was te afgeleid om zulke details op te merken.

Herinneringen aan de middag hadden haar de hele dag nerveus gehouden en ze was uitgehongerd naar meer.

Hij kuste haar toen vurig, zo mogelijk zelfs nog hartstochtelijker dan voorheen.

'Ik wil je meer laten zien, Jean. Meer dan wat er vanmiddag is gebeurd. Hoewel dit je eerste keer is, zal ik je laten zien dat ik je eigenaar ben. Dat je komt is alleen in mijn macht.'

Zijn stem klonk hypnotiserend.

Ze was betoverd.

Zijn woorden hadden een gevaarlijke ondertoon, maar ze negeerde het.

Het maakte haar enthousiast en ze had het gevoel dat hij meer bedoelde dan wellustige seks.

'Je zult de mijne zijn. Keer op keer. Hulpeloos, gewillig of vastgebonden, je laat me met je doen wat ik wil, wanneer ik wil, hoe ik wil en waar ik wil. Begrijp je het, meid ? 'Hij gromde tegen haar lippen en trok met haar haar lichtjes naar achteren.

"Ja meneer. Ja!"

Meneer?

Waar kwam dat vandaan?

Zijn woorden hadden haar bang moeten maken, maar zijn stem maakte haar alleen maar meer opgewonden.

Ze wilde de zijne zijn, zoals hij haar wilde, ze wilde zichzelf aan hem geven.

Zoals ze in haar kantoor was.

Ze schaamde zich er niet voor, ze vertrouwde hem.

'Goed. Deze kant op.'

Hij leidde haar naar een kamer met een groot bed en een schommelstoel in de hoek.

Hij pakte een afstandsbediening, startte een zwoel instrumentaal deuntje dat ze niet herkende en dimde het licht.

Hij ging in de schommelstoel zitten en wuifde haar naar voren.

'Ga voor mijn kleine meisje staan. Kleed je uit.'

Ze staarde hem verbaasd aan.

Hij staarde terug.

Zijn lippen verhardden.

'Ik zei, kom op. Nu. Langzaam.'

Het leek nu anders.

Zijn ogen waren verhard, maar ze voelde nog steeds de brandende hartstocht eronder.

Langzaam trok ze haar laarzen uit en schopte ze opzij.

Ze rolde zich om, leunde voorover en liet geleidelijk de ene kous en toen de andere langs haar dijen glijden.

Ze voelde zijn hete blik op haar gericht, en ze genoot van de sensatie.

Afgezien van het feit dat deze man naar haar keek, voelde het allemaal heel natuurlijk aan.

Toen ze zich omdraaide, zag hij dat haar ogen plezier beleefden aan de sensuele bewegingen van haar heupen uit zichzelf.

Hij had haar in een seksueel wezen veranderd en ze genoot van zijn blik.

Langzaam begon ze haar jurk uit te trekken en bood zichzelf alleen haar slipje aan om naar te kijken.

Hij had nu zijn middagbeha in zijn handen.

Hij stond op en liep naar haar toe, trok haar tegen zich aan en kuste haar weer, terwijl hij haar nek lichtjes vasthield en haar nergens anders aanraakte.

Hij nam een verband in zijn andere hand, staarde in haar zelfverzekerde grijze ogen en bond het aan zijn gezicht.

Ze kreunde van verbazing, maar verder deed ze verder niets.

Hij ging achter haar staan en boeide behendig haar polsen met leren manchetten.

Hij hief zijn armen boven zijn hoofd en maakte hem vast aan een armband die aan het plafond was geplakt.

Hij bond haar vast met haar borsten naar buiten geduwd, klaar om te worden meegenomen.

Hij liep langzaam om haar heen en merkte de snelheid van haar ademhaling op.

"Meneer?" Zij vroeg.

Hij reageerde niet, maar pakte een veer en begon die langzaam op en neer over zijn romp te laten lopen.

Ze huiverde.

Hij streek haar tegen haar tedere, rechtopstaande tepels en weerstond de neiging om haar op dat moment te neuken.

Ze wiegde heen en weer en hij zag het vocht langs haar benen glijden, haar slipje was duidelijk doorweekt.

"Oh, je moet een geweldige lul eter zijn, toch Jean?" mompelde hij terwijl hij zijn gekmakende gehannes met de veer voortzette. 'Ik kan zien hoe je de mijne wilt. Ik kan zeggen dat je je nauwelijks kunt inhouden om het op te eten.'

Hij liep naar haar toe en sloeg haar plotseling hard met zijn hand.

Ze schreeuwde het uit, duidelijk verrast en hij genoot van de aanblik van haar roze bil onder haar slipje.

'Vond je dat lekker, Jean? Ik zie dat je lichaam het deed. Kijk eens hoe doorweekt je bent.'

Hij omhelsde haar van achteren en liet zijn pijnlijke achterste zijn harde erectie voelen, door de ruwheid van zijn spijkerbroek heen, zijn huid nu nog gevoeliger.

Hij sloeg zijn armen om haar heen en hij kneep in haar tepels, waardoor ze een meedogenloos gekreun van genot opwekte.

"Dat is prima, mijn kleine pik-eter. Ik denk al dat je misschien weet dat ik je kan laten klaarkomen door je tepels aan te raken. Maar je hebt je zaad vandaag al gehad," zei ze, terwijl ze doorging met kneden, knijpen en trek hard aan haar tepels.

"Mmmmm, oh Geof, oh mmm"

'Je hebt niet eens woorden, hè, mijn kleine hoer? Dat is prima. Je bent nu mijn kleine hoer. Ik kan doen wat ik wil,' zei hij, terwijl hij hard op haar andere bil sloeg.

"Aargh!"

'Je gaat doen wat je wilt, hoe je wilt, en wanneer je wilt, begrijp je het, kleine hoer?'

ZAS! Nog een pak slaag.

'Je komt als ik het je vertel en niet eerder, begrijp je dat?'

ZAS! Weer een harde pak slaag.

"Aargh! Ja meneer! Ja! Ik ben uw teef meneer. Ik zal doen wat u zegt."

'Goed,' mompelde hij en liep voor haar uit.

Hij nam langzaam een tepel in zijn mond, zoog en beet, en bewoog zijn tong over de gevoelige punt terwijl hij de andere aanraakte en streelde.

Hij voelde hoe ze zich gretig aan hem aanbood en haar borsten naar zijn gezicht duwde.

Hij hield het tempo vol, lette op de ene borst, dan op de andere, en viel plotseling op zijn knieën.

Voordat ze wist wat er aan de hand was, had hij haar slipje uitgetrokken, en zijn tong lag op haar, zoog en likte aan haar klitje, haar overspoeld met gevoelens van extase zo exquise dat ze niet wist hoe lang ze het nog zou kunnen doen.

Hij hield haar stevig vast, masseerde haar kont terwijl hij haar at, zoog en speelde met haar clit, wreef de cocon heen en weer met af en toe druppels op haar natte poesje.

Ze voelde de spanning van de spiraal in haar opkomen, sterker dan in de middag, en ze verstrakte, en net toen ze op het punt stond te ontploffen, stopte hij.

"Oh God nee! Alsjeblieft, Geof, meneer, laat me alsjeblieft komen!"

"Wat heb ik je voor je kleine hoer gezegd? Je komt alleen als ik het zeg. Je zou komen zonder eerst te vragen of je het kon, toch?" Zei hij dreigend.

Voordat ze kon reageren, maakte hij haar handboeien los van het plafond, sleepte haar op het bed, draaide haar op haar zij en steunde haar aan de andere kant.

Nu bond hij haar vast aan het bed, met haar benen naar de grond gespreid en haar enkels ook tegen de randen van het bed gedrukt.

Ze voelde zijn handen op haar rug terwijl hij zich een weg baant door haar kont.

Ze beefde van verwachting.

EEN ANDERE CAKE!

'Ik heb je gezegd niet voor je teefje te komen. Zorg ervoor dat je dat onthoudt.'

"Jouw."

ZAS! CLOUT!

"Zijn."

ZAS! CLOUT!

"Me."

ZAS! CLOUT!

"Weinig."

ZAS! CLOUT!

"Teef."

ZAS! EEN ANDERE CAKE!

'Begrijp je het, Jean? Wie ben je?'

ZAS! CLOUT.

"Ik ben van jou meneer!" Ze gilde terwijl ze kronkelde, vreemd genoeg opgewonden door zijn aanval. "Ik ben uw vuile hoer en teef; neuk me alsjeblieft meneer alsjeblieft!"

Hij glimlachte als antwoord.

"Goede trut."

Hij kleedde zich snel uit en vond met zijn vingers de zachte plooien van haar kutje.

Hij stak voorzichtig een vinger in en daarna twee, strekte haar uit, vulde haar en bereidde haar voor op wat komen zou.

Hij kneedde haar billen terwijl hij dat deed, waarbij hij zijn ritme in haar bij het hare bracht.

Hij trok zijn vingers uit en wreef met zijn middelvinger over haar clitoris terwijl hij zijn grote, harde pik bij de ingang van haar trillende poesje plaatste.

'Ik ga je nu meenemen, teef, en zelfs als het je eerste keer is, ga ik het je nu aandoen.'

Ze kon alleen maar kreunen en huiveren als reactie, haar lichaam was al gespannen van spanning en ze wilde meer van haar orgasmes en hedonistische pak slaag genieten.

Zonder waarschuwing sprong hij plotseling op haar af en doorbrak haar innerlijke barrières.

Ze schreeuwde het hardop, misschien van pijn, maar hij begon te bewegen, ruw en snel en meedogenloos, en ze haalde hem in.

Hij ving haar toen nog harder, sloeg haar, zijn ballen raakten haar kont en dijen terwijl hij zich helemaal tot aan de basis van zijn pik in haar begroef.

"Dat klopt, trut. Dat is mijn pik in je, die je meeneemt, je vult, je markeert. Je bent van mij."

Bij elke zin duwde hij haar harder en sneller, en greep haar heupen vast met zo'n felle passie dat zijn handen vingerafdrukken op haar huid lieten terwijl hij bewoog.

"Oh God, ja meneer, oh ja, ja, ja meneer, maak mij de jouwe!" kreunde ze door haar tanden.

Hij voelde haar gespannen, hij voelde dat ze klaar was om los te komen, en dat deed hij ook.

"Kom nou trut, kom nou!" Ze gromde, terwijl ze een hoogtepunt bereikte met een kracht die ze nog nooit had ervaren en alles op haar losliet.

"Dat klopt teef, kom nu!" siste hij, net toen ze zich om hem heen omsingelde en hem omringde, zijn naam in de lakens schreeuwend, gedempt en vermengd met de aanhoudende muziek ...

EINDE

SALARISVERHOGING
ERIKA SANDERS

35

Anita klopte op de deur alsof ze hem niet wilde breken.

Dit sloeg nergens op, want zij was de enige overgeblevene in de donutwinkel.

Jij en de persoon aan de andere kant van de deur.

"Kom binnen," klonk de stem van deze persoon.

Anita opende de deur, stapte naar binnen en sloot hem achter zich.

De klik van het slot toen hij aan de deurknop draaide, leek oorverdovend in het stille kantoor.

Eric Galvez keek op van de papieren op zijn bureau.

Hij wierp een blik op Anita, een brunette en een schattige Mexicaanse klerk die het schooluniform van de winkel droeg, een wit overhemd met knoopjes en een korte geruite rok, en een zak donuts vasthield.

Ze had een onberispelijk lichaam en dik, gelaagd donkerbruin haar dat niet tot haar schouders reikte.

'Hallo Anita,' zei Eric.

De manager, getrouwd, twee kinderen en in de veertig, legde de pen neer en glimlachte.

'Hallo. Het spijt me als ik iets onderbreek,' zei ze verlegen.

'Natuurlijk niet,' verzekerde Eric hem. "Je gaat zitten".

Het kleine kantoor van de manager bestond uit een bank, twee stoelen, een bureau en archiefkasten.

Eric zag Anita naar hem toe lopen, haar rok heen en weer zwaaiend.

Ze ging in de stoel tegenover Erics bureau zitten, sloeg haar lange benen over elkaar en liet haar rok tot aan haar dijen komen.

Hij zette de tas naast haar op de grond.

"Wat is er aan de hand?" vroeg de manager.

Anita aarzelde, haalde diep adem en liet de vingers van één hand langzaam over haar dijbeen glijden, van de onderkant van haar rok tot aan haar knie.

"Ik denk erover om van de gehuurde kamer naar een appartement te verhuizen", zei hij.

Ze was een derdejaarsstudent aan een plaatselijke universiteit en werkte op verschillende locaties op plaatsen waar de uren haar lessen niet hinderden.

'Geweldig,' zei Eric opgewonden en stopte toen. 'En heb je meer geld nodig? Een opslag?'

Anita keek hem verlegen aan voordat er een serieuzere uitdrukking op haar gezicht verscheen.

"Ik kan niet geloven hoeveel ze huur vragen. En de borg is...' begon hij te zeggen.

'Ik weet het,' onderbrak Eric.

Hij keek haar even aan.

Ze had bijna een jaar voor hem gewerkt en vroeg een andere keer om loonsverhoging.

In dit geval had ze haar lichaam gebruikt om zijn beslissing te 'beïnvloeden'.

Sindsdien had hij eigenlijk nog een verzoek van haar gewild.

Eric keek naar de zak donuts naast hem.

"Neem je wat donuts mee naar huis?" vroeg hij.

Anita's blik viel op de tas en ging terug naar haar baas.

'Nee. Het is voor jou... voor ons,' antwoordde ze.

Eric had geen verdere uitleg nodig.

Hij had de vorige keer ook een tas meegebracht.

En deze keer wist hij wat hij moest doen.

Hij stond op, liep om het bureau heen en liep achter Anita's stoel.

Ze keek naar zijn atletische lichaam tot het achter haar verdween.

Een rilling liep verwachtingsvol over haar rug.

'Dus je hebt een donut voor me meegebracht,' zei Eric zacht. "En je wilt delen."

Anita knikte zacht.

Eric keek naar de jonge vrouw, haar overhemd aan de bovenkant losgeknoopt en haar gebruinde benen spreidden zich uit onder haar uitlopende rok.

Zijn handen klemden zich zenuwachtig aan de uiteinden van zijn armen op de stoel.

Eric legde zijn hand op het haar van het meisje en streek met zijn vingers over haar nek.

Hij voelde de warme huid onder de kraag van zijn overhemd en legde toen zijn hand op de voorkant van zijn nek voordat hij naar de bovenste knoop reikte.

In één snelle beweging liet hij de knop los; gevolgd door de volgende.

De toppen van haar borsten kwamen in zicht, gehuld in een slanke blauwe beha.

Zijn vingers gleden over de gladde huid van haar linkerborst en keerden toen terug naar de volgende knop.

Hij omcirkelde haar nek met beide handen en maakte elke knoop aan de bovenkant van haar rok los.

Eric trok het shirt van haar rok en maakte de laatste knoop los.

Anita's hemd viel zo ver dat Eric het grootste deel van elke borst van bovenaf kon zien.

Hij zag ze op en neer gaan terwijl ze zwaar ademde.

Een centrale haak tussen haar borsten hield haar beha bij elkaar.

Het was geen toeval, dacht Eric bij zichzelf.

Hij reikte naar beneden en maakte de beha los, zodat de twee helften vrij op de uiteinden van haar borsten konden rusten.

Anita bleef roerloos zitten en staarde naar Erics handen of recht voor zich uit.

Ze wist dat alles snel zou veranderen.

Eric legde zijn handen op haar borsten en liet ze vallen totdat zijn vingers haar beha verwijderden.

Hij nam haar blote bruine borsten in zijn handen en hield ze even zachtjes vast.

Ten slotte legde hij Anita's tepels tussen duim en wijsvinger en kneep er zachtjes in.

De jonge vrouw zuchtte hoorbaar.

Eric voelde zijn pik hard worden in zijn broek terwijl hij zijn tepels manipuleerde.

Ze verhardden onder zijn aanraking en Anita voelde een opgewonden steek door haar maag naar haar kutje gaan.

Eric sloeg zijn handen om haar borsten, maar kon ze nauwelijks vullen in zijn greep.

Hij pakte ze op en keek toe hoe ze in de palmen van zijn handen lagen.

Hij liep om de stoel heen en ging tussen het bureau en Anita staan en keek haar even aan.

'Sta op en doe je shirt uit,' zei hij met een kalme stem.

Anita sloeg haar benen niet over elkaar en ging op een paar centimeter afstand van haar baas staan.

Hij tilde het overhemd over zijn schouders en liet het op de stoel vallen.

Zonder te stoppen deed ze hetzelfde met haar beha.

Eric legde zijn handen op de buitenkant van Anita's dijen en hief zijn handen op tot ze onder haar rokje verdwenen.

Anita voelde zijn handen omhoog gaan over de buitenkant van haar slipje en over haar billen.

Toen legde Eric zijn handen op haar middel en greep de riem van haar slipje.

Langzaam liet hij haar zakken en knielde terwijl ze langs haar knieën en op haar voeten liep.

Hij legde het zwarte slipje op de stoel en deed haar schoenen uit.

Nadat ze was opgestaan, keek ze naar haar rok en zei:

"Eruit halen."

Anita knoopte haar rok los, liet hem op de grond vallen, stapte uit en schopte hem opzij.

Eric bewonderde haar smalle taille, volle heupen en dijen.

lange benen en kleine voeten.

Zijn ogen keerden terug naar haar kutje en de kleine, dunne lok donker haar op haar clit.

Anita voelde zich op dat moment extreem sexy en de vochtigheid tussen haar benen nam met de seconde toe.

Ze wilde de man naakt voor haar zien en ze wist dat het onvermijdelijk was.

'Doe mijn kleren uit,' zei hij tegen haar.

Hij moest opzettelijk zijn bewegingen vertragen om zijn verlangen niet te openbaren.

Het duurde echter niet lang voordat Anita Erics shirt over haar hoofd trok en een goed gebouwde, zo niet overdreven gespierde torso liet zien.

Ze keek naar beneden en maakte haar riem los. Erics ogen wisselden tussen haar borsten en handen.

Ze knoopte zijn broek los en trok ze naar beneden totdat ze vanzelf op haar kuiten vielen.

Anita knielde neer en deed haar schoenen en sokken uit voordat ze haar broek uitdeed en opzij gooide.

Hij keek uit naar de groeiende bobbel van zijn boxer, greep toen de tailleband en trok ze naar beneden.

Erics enorme lul was maar half rechtop, maar Anita voelde een golf van opwinding over haar heen stromen terwijl hij zijn boxer uitdeed.

Ze stond op en keek naar haar baas.

Tot Anita's opluchting zette hij de eerste stap door haar te omhelzen en naar zich toe te trekken.

Hij kuste haar hartstochtelijk, drukte zijn pik tegen haar lichaam en bewoog zijn handen naar haar kont.

Eric kneep in zijn zachte wangen terwijl hun tongen elkaar tussen zijn lippen raakten.

Anita voelde haar kut tegen haar lichaam drukken, niet zeker of ze vastbeslotener was om zichzelf of Eric te plezieren.

Hun kus ging door terwijl ze een hand om zijn pik legde en hem voelde kloppen.

De staart begon omhoog te wijzen en het meisje pompte herhaaldelijk haar hand op en neer.

Toen de kus voorbij was, keek Eric naar Anita en zei:

'Mijn vrouw doet me dit niet aan. Je doet het geweldig.'

"Bedankt, ik ben blij dat je het leuk vindt," glimlachte hij.

'Ik heb honger,' zei Eric.

"Ik ook".

Ze gingen naar de bank.

Eric pakte onderweg de zak donuts.

Hij vond de tijd om Anita's kleine ronde billen te zien stuiteren met zijn stappen voordat hij op de bank ging liggen, haar hoofd op een klein kussen aan het ene uiteinde.

Eric stak zijn hand in zijn zak en haalde er een donut en een klein plastic mes uit.

"Ah, gevuld met vanillecrème. Mijn favorieten', zei hij. "Wil je delen?"

'Ik zou het graag willen doen,' antwoordde Anita.

Eric knielde neer, legde de met chocolade omhulde donut op de platte buik van het meisje en sneed hem voorzichtig doormidden met het mes.

Er ging een rilling door Anita's lichaam toen het mes nauwelijks over haar huid streek.

Eric zag haar trillen toen het mes weer uit de dikke donut tevoorschijn kwam. Toen legde hij het mes en de helft van de donut op de zak op de grond.

Hij tilde de donut van haar buik en draaide het met room gevulde midden naar haar toe.

Hij liet het methodisch zakken tot de tepel van haar rechterborst net onder de crème was.

Met een lange, zachte streek trok hij een laag vanillecrème over het uiteinde van haar borst.

Anita sloot haar ogen toen de koude vulling haar tepel en omringende huid bedekte, waardoor er rimpelingen door haar lichaam naar haar maag en kutje gingen.

Eric duwde de donut iets opzij en herhaalde het proces, waarbij hij een tweede strook room naast de eerste toevoegde.

Ten slotte draaide hij de donut om en wreef de chocoladelaag over het puntje van haar stijve tepel.

Eric stopte de donut in zijn zak en keek naar Anita.

Ze keek aandachtig toe, wachtend op haar volgende stap, en vroeg hem in stilte haar te verslinden.

Eric bewoog zijn hoofd over haar borst en likte haar tepel om van de zoete chocolade te genieten.

Anita kreunde bijna luid, maar herstelde zich en zag hoe de tong van haar baas langer werd en een centimeter boven en onder de tepel kwam.

Hij slikte een keer voordat hij terugkeerde naar zijn borst. Deze keer opende hij zijn mond wijd en plaatste hij zoveel mogelijk van de volle, ronde borst van het meisje.

Zijn tong krabde een paar keer over de tepel voordat zijn lippen zich sloten en op het roze vlees zogen.

Deze keer kon Anita er niets aan doen.

'O god,' fluisterde hij.

Eric hief zijn hoofd op en likte de crème van zijn lippen.

Toen zijn mond weer op Anita's borst belandde, drukte zijn hand haar borst omhoog en likte hij hongerig de rest van de vanillecrème van haar huid.

Het kwam steeds terug op de tepel.

Anita boog haar rug en duwde haar borst omhoog.

Ze voelde de nattigheid tussen haar benen over haar tepel stijgen bij elke streling van haar tong en ze was er zeker van dat hij haar kon laten klaarkomen als hij haar zo vasthield.

Ze reikte weer naar de donut en deze keer smeerde ze de witte vulling en chocolade in grotere hoeveelheden op haar linkerborst.

De crème bedekte bijna tweederde van zijn borst, waardoor Eric een bijna holle halve donut in zijn hand had.

Nadat hij de donut weer in zijn zak had gestopt, leunde hij over Anita's lichaam en ontblootte minutieus haar borst één voor één.

Het meisje legde haar hand op Erics hoofd en drukte die steviger tegen zijn borst.

Ondertussen bewoog zijn hand van haar heupen naar tussen haar benen en streelde even de clitoris, die begraven lag onder een zorgvuldig geknipte lok donkerbruin haar.

'O Jezus,' zei ze zacht. "Dit voelt zo goed."

Met slechts een klein beetje vanillecrème op zijn borst klom Eric op de bank en legde zijn benen tussen de zijne.

Zijn staart was nu volledig rechtop en in een scherpe hoek naar boven gericht.

Hij leunde voorover, legde zijn pik op zijn crèmekleurige borst en bewoog hem heen en weer tot er een klein laagje witte vulling was.

Anita gebruikte haar hand om haar staart naar de plekken met de meeste crème te brengen.

Al snel was het wit van de roze kop tot aan de basis.

Anita zag Eric naar voren glijden en zijn pik naar haar lippen brengen.

Ze opende gretig haar mond en nam het cadeau aan.

De zoete smaak van de room deed haar bijna de liefde vergeten die ze voelde voor de smaak van een hete, harde pik.

Zijn tong werkte aan alle kanten van het lid terwijl Eric hem in en uit zijn mond schoof, waardoor hij kreunde van plezier.

"Ummm, Anita. Zuig me, neuk me zo," zei Eric. "Ja, ja. Dus."

Het kostte het meisje een paar minuten om de laatste crème van zijn pik te krijgen; zuigen, likken en slikken zo snel als hij kon.

Toen het voorbij was, was Eric harder dan voorheen en naderde het hoogtepunt.

"Fuck me, Eric," riep Anita luid uit. 'Ik wil je in me hebben. Alsjeblieft.'

Toen haar baas van de bank afkwam, spreidde Anita haar benen en tilde haar knieën op.

Toen ze zijn pik bij de ingang van haar kutje had, was haar hand in positie om hem naar haar toe te leiden.

Zelfs zij was verbaasd over hoe klaar ze voor hem was.

Zodra de kop van de gezwollen penis de opening vond, kon Eric zichzelf laten zakken tot hun dijen elkaar in een zachte klap ontmoetten.

"God ja. Neuk me," zei Anita.

Eric voldeed snel aan hun eisen.

Hij tilde haar op in haar kont en begon zijn pik in en uit te duwen, terwijl hij haar vagina regelmatig voelde samentrekken.

Anita tilde haar benen op en sloeg ze zachtjes om Erics middel zodat hij haar nog hoger kon optillen.

Anita's borsten zwaaiden ritmisch.

Af en toe kneep hij in haar tepels en stuurde zoiets als elektrische stroompjes rechtstreeks in haar kutje.

Ondertussen herpositioneerde Eric zichzelf zodat een vrije hand haar clit kon masseren.

Hij vond de opgeblazen bult gemakkelijk en wreef erover.

Het hoofd van het meisje begon heen en weer te zwaaien en mompelde:

"Shit. Shit. Ja daar. Daar!"

Eric wreef harder en voelde zijn lichaam samentrekken.

Haar benen knepen hem stevig vast en ze schreeuwde: 'Ahhhh. Oh God. Nutsvoorzieningen."

Haar orgasme begon met nog een gedempte kreun en haar heupen trokken omhoog om zijn neerwaartse stoten te kunnen opvangen.

Eric bleef haar minstens dertig seconden penetreren terwijl ze kreunde en schreeuwde dat hij haar moest neuken.

Eric wilde dat het gevoel van haar strakke kutje rond zijn pik en haar kronkelende lichaam voor altijd zou duren.

Hij hield haar kont vast terwijl ze langzaam op de bank ging zitten.

Nu kon Eric zich concentreren op zijn eigen lichaam en voelde de eerste golf sperma uit zijn ballen opstijgen.

Anita voelde het orgasme naar haar toe komen en spoorde hem aan om door te gaan.

"Dat is het. Kom op, kom op mijn poesje."

Eric's pik explodeerde in een stroom van sperma die Anita voelde toen het haar ingewanden vulde.

De warme vloeistof schoot uit verschillende sproeiers, elk vergezeld van een luide kreun.

Eric greep Anita bij het onderste deel van de schouders en drukte haar lichaam tegen het zijne.

Toen ze klaar wilde zijn en stopte met zijn pik diep in haar, drukte Anita haar kutje stevig vast.

"Ahhh, verdomme. Stop ermee," mompelde Eric, bijna buiten adem en half lachend.

Hij huiverde nog een laatste keer en viel slap en volledig uitgeput van haar neer.

Hij lag in haar armen, zijn hoofd op zijn borst en zijn benen nog steeds om zijn middel geslagen.

'Je hoeft het alleen maar te vragen wanneer je maar wilt,' zei Eric zacht, terwijl zijn vinger de omtrek van haar tepel volgde.

'Ik had honger vandaag,' zei ze.

EINDE

ONVERWACHTE SITUATIE
ERIKA SANDERS

49

Hoofdstuk I.

'Ik zal in de kamer op je wachten en iets onthullends aantrekken,' had John gezegd.

Ze behandelden hem als een afhaalmaaltijd, dacht Gina toen het gesprek eindigde.

En dit is hoe ze zich nu voelde toen ze make-up op de make-upspiegel deed: schaduwrijke ogen, rode hartvormige lippen en net genoeg make-up op haar gezicht om haar er niet uit te laten zien als een wassen beeld.

Wil je iets anders in je bestelling, schat?

Tevreden met haar werk liep ze op blote voeten over het tapijt in de slaapkamer, alleen gekleed in een beha en slipje, en opende de kast.

Ze pakte een doosje met geld van een plank boven haar kleren en droeg het naar bed.

Toen ze het opende, vielen er vele tien en twintig op de zijden lakens.

Gina telde er vier van de twintig en stopte de rest in de doos.

Ze zette de doos terug in de kast, stopte het geld in haar tas en begon zich aan te kleden.

John woonde aan de andere kant van de stad in een luxe vrijstaande woning met vijf slaapkamers aan de gracht.

Afhankelijk van het middagverkeer zou hij er tien minuten over doen.

Hij was een relatief nieuwe klant van haar die tot nu toe zes keer had gediend.

Ze haatte het.

Hij was arrogant, onbeleefd en volkomen pervers.

Hij was van Italiaanse afkomst: olijfkleurige huid, een grote neus en dik zwart haar.

John hield van eten en Gina vond dat hij eruitzag als een kruising tussen een gangster uit de jaren 40 en een dikbuikig varken.

Hij had opgeschept dat hij connecties had met de criminele onderwereld, maar Gina wist niet zeker hoeveel van wat hij zei waar was.

Ze dacht dat hij alleen maar indruk op haar probeerde te maken.

Ze begreep niet waarom mannen dit aantrekkelijk vonden voor meisjes.

Gina had een hekel aan geweld en zette een film uit bij de eerste tekenen van bloed of geweld.

Maar John zat beslist in een soort van onbetrouwbare zaken.

Ze had wapens in haar huis gezien.

Hij had tijdens hun seksuele relatie verhitte telefoontjes afgeluisterd die John weigerde te negeren.

Over geld en drugs gesproken.

Ze vond mannen als John weerzinwekkend: hebzuchtig, egoïstisch, oneerlijk en corrupt.

Ze had het geld echter te hard nodig.

Gina's leven was vol schulden.

Een cursus vrije kunsten, het mini-fiat dat elke dag naar haar secretaresse ging en kleren kocht, vakanties op Ibiza en een lening die ze had genomen om haar appartement in te richten.

Ze zwom in de schulden, maar de kredietverstrekkers hadden haar nooit iets ontzegd.

En daarom had hij het afgelopen jaar als privé-escorte gewerkt.

Privé was het sleutelwoord.

Ze had geen online advertenties, te bang dat haar familie of vrienden haar vuile geheim zouden ontdekken.

In plaats daarvan vertrouwde ze op mond-tot-mondreclame en haar vaste klanten, mensen zoals John.

De eerste man die haar betaalde om seks met haar te hebben, heette Peter.

Ze ontmoette hem op een datingsite nadat ze het uitmaakte met Adams, maar wist meteen dat het niets voor haar was.

Het was niet het feit dat hij ouder was dan haar in de veertig en vijftien.

Daarom had ze hem in de eerste plaats ontmoet en dacht ze dat een oudere man hem kon geven wat Adams, een vierentwintigjarige jongen, niet kon.

Toewijding, veiligheid, misschien nieuwe seksuele ervaringen.

Ze voelde zich gewoon niet verbonden met Peter en kwam er een uur na hun eerste date achter dat ze met z'n tweeën konden dineren in een Indiaas restaurant in het leukste deel van de stad.

Ze nam afscheid en bedankte hem voor een heerlijke maaltijd. Ze dacht dat het de laatste keer zou zijn dat ze hem zou zien.

Maar Peter was meer in haar geïnteresseerd dan hij aanvankelijk had gedacht.

Twee dagen later nam hij contact met haar op met een aanbod om haar te betalen voor seks.

Aanvankelijk was Gina verrast, zelfs beledigd.

Met haar diepgebruinde, geverfde blonde haar en een voorliefde voor onthullende kleding wist ze dat ze een bepaalde aantrekkelijke indruk maakte.

Maar dat zou haar nog geen hoer maken of iemand die haar benen zou spreiden bij het eerste teken van financiële problemen.

Ze had vast wel meisjes ontmoet die dat zouden doen.

Maar Peter leek zo'n aardige vent, en hoe meer Gina nadacht over haar schulden, hoe meer ze zich afvroeg wat voor schade het zou doen om het aanbod te accepteren. Er zou wederzijds voordeel zijn.

Peter zou haar bezitten en ze zou het geld krijgen dat ze hard nodig had.

Als niemand echt gewond raakt, wat was dan het probleem?

Gina was echter naïef.

Ze had nooit gedacht hoe verslavend betaalde seks kon zijn, of hoe goedkoop en ellendig ze zich zou voelen.

Tot overmaat van ramp was Peter niet de heer die ze eerst dacht dat hij was.

Al snel werd bekend dat ze haar goed van dienst was, en dat kon alleen maar omdat hij het direct verspreidde.

Allerlei aanbiedingen vulden zijn mailbox via de datingsite waarop hij Peter ontmoette.

Hij kon niet geloven hoeveel oudere mannen daar jongere vrouwen zochten voor seks en hoeveel er bereid waren ervoor te betalen.

Het was erg lucratief voor haar geweest en ze leerde al snel dat ze meer geld kon verdienen als ze bereid was haar grenzen wat meer te verleggen.

Mannen betaalden meer voor zaken als anaal, dominantie, golden shower en verschillende soorten rollenspellen.

Gina had geïnvesteerd in schoolmeisjesuniformen, sexy lingerie en zwepen. Ze had gegeten wat er werd gesuggereerd en allerlei voorwerpen gevuld en zelfs gedaan alsof ze een vijftigjarige man in een luier borstvoeding gaf.

Natuurlijk had John genoten van alle beschikbare diensten met zijn geld.

Van eersteklas prostituees tot pornosterren tot driezijdige modellen.

Het was een obsessie die grensde aan verslaving.

Het leek erop dat alle jonge en mooie meisjes klaar waren om hun attributen te verkopen terwijl ze nog steeds begerenswaardig waren.

Het was tragisch.

Het was dus geen verrassing dat John, nadat hij van een vriend had gehoord, contact opnam met Gina.

En vanavond zouden ze voor de vijfde keer samen zijn.

Gina keek op haar horloge en maakte haar kleren vast in de spiegel in de hal. Over een jaar is het allemaal voorbij, meisje, herinnerde ze zich.

'Je kunt het.'

Toen pakte hij zijn sleutels en ging de deur uit.

Hoofdstuk II

Tien minuten later stopte hij op Midesting Road.

Het was even na half elf en in een van de andere huizen was een poolparty in volle gang.

Hij reed door de smeedijzeren poorten van Johns huis en parkeerde de Fiat op straat.

De maan scheen op het dak van Johns zilveren Mercedes toen hij het geluid van zijn hakken op het grind hoorde kraken en naar de zijkant van het huis liep.

John had hem gezegd door de achterdeur binnen te komen.

Vanavond spelen ze een rollenspel.

Hij zal op het bed liggen en zij zal binnenkomen als een dief en hem verrassen.

John hield ervan om dingen te verknoeien.

Ze had nog nooit zo'n seksueel vindingrijke man ontmoet.

Halverwege het huis stopte hij en keek de steeg op en neer.

Ze was er zeker van dat niemand haar daar zou zien, maar ze wilde het zeker weten voor het geval dat.

Ze liet haar slipje zakken, trok het over haar hielen en trok toen haar rok recht.

Ze stopte haar slipje in haar zak.

Rode punt, John's favoriet.

Toen strompelde ze op haar hakken het pad af en opende de deur naar de achtertuin.

Een metalen vuilnisbak rinkelde toen hij er per ongeluk tegen schopte met de punt van zijn scherpe hak.

'Dom!' Ze vermaande zichzelf.

Het keukenlicht brandde en de patiodeur die naar haar leidde stond op een kier.

John moet het voor haar open hebben gelaten.

Gina gooide haar haar naar achteren, vervolgde haar sensuele wandeling en ging het huis binnen.

Hij rook een branderig gevoel toen hij de keuken binnenkwam en de deur sloot.

Het was waarschijnlijk een van de sigaren die John graag rookte.

Hij was zo'n rokende gangster.

Het huis was stil.

John moet op haar wachten in bed zoals ze hem had gezegd.

Gina liep door de zorgvuldig ingerichte eetkamer, alle moderne meubels en hout in een dieprode tint, en de gang in.

Ze keek de wenteltrap op.

'John,' zei hij spottend. "Ben je klaar of niet?"

Haar hakken klikten van de gepolijste treden toen ze de trap opging.

Toen ze de hal inliep, zag ze Johns slaapkamerdeur openstaan.

Het licht was aan, maar maakte nog steeds geen geluid.

Toen hoorde hij een kraak.

'John?'

De dikke klootzak zat waarschijnlijk op zijn troon in de badkamer.

Gina streek haar haar glad, liet haar halslijn zakken en ging de kamer binnen.

Op dat moment leek alles stil te staan.

Gina's hele lichaam bevroor.

John lag naakt op het bed en staarde naar het plafond. Een plas bloed doorweekte de lakens om hem heen en zijn nek werd doorgesneden.

Gina schreeuwde.

Een donkere gedaante kwam achter de deur vandaan en greep haar, sloeg een arm om haar nek en legde zijn hand voor haar mond.

'Maak geen lawaai of ik snij die van jou ook door,' zei hij.

Gina voelde de koude, scherpe punt van een mes in haar nek.

'Wie ben jij?' kreunde ze.

"Iemand die je niet wilt neuken"

De man kneep haar nek steviger samen met zijn gespierde onderarm.

'Wat doe jij hier?'

'Ik kwam om John te zien.'

'Waarvoor?'

'Hij vroeg me om het te doen.

'Waarom?' vroeg de man.

"Gewoon om het te zien."

Hij verpletterde Gina's luchtpijp met zijn arm en liet hem stikken.

'Waarom?' Schreeuw.

'Om seks te hebben,' stamelde Gina.

Ze begon te hoesten toen de man de druk om haar nek verlichtte.

'Ben je een prostituee?' hij zei.

'Niet!'

'Nou en?'

'Een metgezel.'

'Het is hetzelfde,' zei de man.

Gina zei niets, te bang dat de man haar nek zou breken of neersteken als ze hem tegensprak.

"Het lijkt erop dat we een probleem hebben", zei hij.

Hij keerde zich naar Johns levenloze lichaam en hield Gina stevig tussen zijn arm en borst vast.

Gina had het gevoel dat ze ziek zou worden als ze zoveel bloed zou zien.

'Nu ben je getuige van een moord.'

'Alsjeblieft,' smeekte Gina.

'Ik vertel het aan niemand. Laat me gewoon gaan.'

Hoofdstuk III

Een angstaanjagende lach kwam van de man.

'Ik weet zeker dat je begrijpt dat het niet zo gemakkelijk zal zijn.'

Angst schoot door Gina's lichaam.

Hij voelde warme urine langs de binnenkant van zijn benen druppelen.

Ze wilde niet dood vanavond.

De man greep haar arm met zijn leren gehandschoende hand en leidde haar naar de badkamer.

Hij sloot de deur achter zich en draaide zich naar haar om.

Gina stapte achteruit in een hoek toen ze zijn gezicht zag.

Ze had niet verwacht dat het een van de mooiste gezichten zou zijn die ze ooit had gezien, maar het was het diepe litteken dat over zijn wang liep dat haar het meest verbaasde.

En zijn lichaam leek gemaakt om te doden, met de schouders van een bokskampioen en hij kon een nek doormidden breken.

Hij was een monster.

Hij bekeek haar van top tot teen met harde blauwe ogen.

'Wie weet dat je hier bent?'

'Niemand! Alsjeblieft, kun je me laten gaan en wegrennen. Ik verzeker je dat ik het de politie niet zal vertellen.'

Hij naderde haar met een langzame, roofzuchtige stap.

'Daar is het te laat voor. Je hebt mijn gezicht al gezien.'

'Ik beloof dat ik het niet zal zeggen. Alsjeblieft, het kan mij of John niet schelen, ik wil gewoon naar huis. Ik wil niet sterven. "Gina barstte in tranen uit.

De man legde een gehandschoende hand op haar blote schouder en naderde dreigend haar gezicht.

Gina voelde de warme lucht uit haar neus haar wangen raken.

"Nu, nu, nu," spinde hij. 'Waarom dat mooie gezicht verpesten?'

Hij streek met een lange vinger over Gina's betraande wang.

Gina's hele lichaam veranderde in ijs toen ze zijn aanraking voelde.

De aantrekkingskracht die ze voelde voor het lichaam van deze man en de angst om tegen de muur gedrukt te worden door iemand waarvan ze wist dat ze haar gemakkelijk zou kunnen doden, waren volkomen tegenstrijdig.

Hij boog zich naar haar toe en streek met zijn ruwe tong over haar gezicht, waardoor ze een rilling door haar huid voelde gaan.

Ze had niet verwacht wat er zou komen.

De gehandschoende hand van de man gleed onder haar rok, zijn lange vingers tastten naar haar ontblote lippen.

'Stout meisje,' zei hij bij haar onverwachte ontdekking.

"Alsjeblieft... oh"

De man had zijn handschoen uitgetrokken en er zat nu een lange, vlezige vinger in haar.

Hij vond Gina's klitje glad en masseerde het, waardoor er een warmte door haar heen verspreidde.

Tegelijkertijd streek hij met zijn tong over de stevige contouren van Gina's nek.

Gina draaide zich om en zag haar spiegelbeeld in de spiegel boven de gootsteen.

En hij zag ook dit grote vreemde dier als een vampier in zijn nek wegzakken, het mes van het mes in zijn vrije hand knipperend in het halogeenlicht als waarschuwing.

Ze durfde niet te bewegen uit angst dat hij zijn scherpe punt op haar zou gebruiken.

De man trok zich terug en keek over haar lichaam.

Er was een diepe opwinding in hen, alsof hij hun naakte lichamen door hun kleren heen kon zien.

Hij duwde haar tas van haar schouder en liet hem op de grond vallen terwijl een tube lippenstift en rood slipje op de tegels viel.

Hij greep een van haar borsten door haar nauwsluitende vest en kneep er zachtjes in, en ging toen met zijn vinger over haar tepel toen die stevig stond.

Het was stopverf in haar handen.

"Wat doe je met mij?" Zij vroeg.

'Omdat we alleen zijn en de ruimte alleen voor ons hebben, zal ik je geven wat die vent daar je nooit heeft gegeven.'

Oh god, dacht Gina. Niet dat.

De man voelde haar angst en glimlachte.

'Maak je geen zorgen. Zodra je mij in je poesje ervaart, zul je blij zijn dat die ander dood is.

De man had gelijk dat ze alleen waren.

Zonder buren in de buurt zou elke roep om hulp tot mislukte resultaten leiden.

Als... als ze ermee instemde, deed wat de man zei, kon ze het huis levend verlaten.

Welke andere optie had ze om het beste rollenspel van haar leven te spelen met alle andere kansen tegen haar?

Dus nam hij een besluit.

Ze zou het beste werk van haar leven doen.

En toen het mislukte, had ze een back-upplan.

'Doe dat uit,' gromde de man en knikte naar zijn vest.

Gina deed wat hij zei.

Terwijl het vest over haar hoofd gleed, schudde ze haar haar en richtte haar ogen op zijn lichaam.

'Ik wil dat jij je ook uitkleedt,' zei hij.

De man lachte spottend.

'Je gaat me niet vertellen wat ik moet doen. En ik ben niet zo dom als je denkt Gooi het naar beneden. 'Hij knikte naar Gina's rok.

Ze knoopte haar rok los, liet hem over haar benen vallen en schopte hem toen met haar hiel.

Ze stond voor hem op hakken en een beha, haar lippen geschoren en blootgesteld aan de koele lucht van de badkamer.

Ze hief haar blauwe ogen met mascara op naar de doordringende blik van haar ontvoerder.

'Wat schattig en lief,' zei hij terwijl hij lucht door zijn neusgaten zoog. 'Keer om.'

Gina draaide zich om en keek naar de tegelmuur.

Door de weerspiegeling heen zag ze de man voorover buigen en haar kruis strelen terwijl hij haar kont bestudeerde.

De grote bobbel die hij uit zijn broek zag steken, liet haar weten dat hij goed uitgerust was.

Hij liet haar voorover buigen, greep haar heupen en bracht zijn kruis naar haar toe.

De harde, dikke bult werd nu tegen de spleet van haar billen gedrukt.

Zijn blote hand raakte haar kont aan en hij duwde haar naar voren, het mes nog steeds stevig in de andere.

Gina keek naar hem terwijl hij het op het aanrecht naast de gootsteen zette en zijn broek begon los te knopen.

Ze staarde naar het mes en vocht tegen de neiging om het te pakken.

Maar ze wist dat ze niet zo dom kon zijn; Met haar grootte zou de man binnen enkele seconden haar kleine 1,80 meter lange lichaam domineren. Toch was het verleidelijk... heel verleidelijk.

Zijn zwarte broek viel op de grond en onthulde een paar zwarte boxers op enorme, gespierde dijen.

Zijn erectie reikte tot aan de zoom, gezwollen en enorm.

Gina slikte de snik in die bijna uit haar mond kwam.

Hoe moest hij hier allemaal in verzeild raken?

De grote lul was uitgerekt tegen de strakke stof van zijn boxershort en wilde eruit.

Toen de man hem liet zakken, viel de grote paarse kop op Gina's wangen.

De ledemaat, dik en geaderd, was minstens tien centimeter lang.

De moordenaar was een seksuele hunk.

Hij greep haar heup met zijn nog steeds gehandschoende hand en nam zijn pik met de andere en leidde hem naar Gina's schaamlippen.

Toen ze de warme, zachte pik tussen haar lippen voelde, snakte Gina naar lucht.

En toen hij haar naar binnen duwde, begaven haar knieën het bijna.

De penis werd brutaal diep en kloppend van opwinding in haar hete, vochtige vagina geduwd.

Het trof een gebied in Gina waar nog nooit was gepenetreerd en haar verraderlijke clitoris begon te pompen van opwinding, vocht verzamelde zich op haar lippen en muren om recht te doen aan deze opwindende nieuwkomer.

De man begon te duwen, zijn sterke heupen waren in staat om de hardheid van Gina's binnenmuren met buitengewone snelheid te forceren.

Het voelde geweldig.

Ze greep de rand van de kaptafel toen hij haar natte schaamlippen penetreerde en zijn ballen tegen haar sloegen.

Hij trok de andere handschoen uit en zijn grote, verrassend zachte handen gleden over haar rug en maakte haar beha los.

Het viel op de tegelvloer en liet haar borsten los.

Nu droeg ze alleen haar hakken toen het enorme dier haar van achteren sloeg.

Gina voelde hem terugtrekken en haar kutje kreeg een moment van opluchting.

Maar het duurde niet lang voordat zijn pik weer in haar was, dit keer tegen haar kont.

De massieve lul van de moordenaar ging de strakke plooien van Gina's anus binnen en stuurde een scherpe pijn door haar heen.

Even dacht hij dat hij de pijn niet aankon, zijn spieren spanden zich om dit vreemde lichaam naar buiten te drijven, maar toen ontspanden ze zich toen de pijn in genot veranderde.

Gina had eerder anale seks gehad, maar niet van een fallus zo groot als deze.

Het plezier dat haar nu overspoelde was anders dan alles wat ze ooit eerder had gevoeld.

Ze moest onthouden waar ze was.

In John's huis wordt hij geneukt door een man die hem net heeft vermoord.

John's dode en toch al wat koude lijk lag een paar meter verderop in de andere kamer als een verschrikkelijk portret van zijn vroegere zelf.

Gina wist dat ze dit beeld nooit uit haar hoofd zou wissen, hoezeer ze het ook verachtte.

En het zou de haat die ze voor hem voelde uitwissen als hij er levend mee terug kon komen en haar nu kon helpen.

Maar er is iets vreemds aan wat er gebeurt als je wordt geconfronteerd met een doodsbedreiging en Gina zag het voor het eerst in die badkamer waar ze nu werd vastgehouden.

Een instinct neemt het zo oorspronkelijk over dat het niet langer als een dierlijk instinct wordt ervaren.

En je weet dat je alles zult doen om te overleven.

Hoofdstuk IV

De man sloeg zijn kont met woedende slagen, speeksel liep uit zijn mond, zijn mooie gezicht was rood en opgewonden.

De lage, keelgeluiden die hij maakte, vertelden Gina dat hij op het punt stond te komen.

Ze greep de rand van de toonbank.

De vingertoppen werden wit terwijl hij vasthield.

"Shit," kreunde de man.

'Ik zal rennen'.

En dat deed hij en een zware zucht kwam uit zijn mond, hij sloot zijn ogen en boog zijn hoofd ...

En Gina greep haar kans.

Hij liet de toonbank vallen en pakte het mes.

Met een blinde en krachtige beweging van zijn arm duwde hij hem in de keel van zijn dader.

Ze sprong op en drukte haar rug tegen de muur, de koude tegels tegen haar bezwete rug.

Met grote ogen van angst en bezorgdheid, zag Gina dat de man in een statische positie stond en stikte terwijl zijn grote ogen haar aanstaarden.

Het mes stak uit zijn dikke, glanzende keel en donkerrood bloed sijpelde langs de kraag van zijn zwarte mantel.

Zijn staart was nog steeds rechtop, een glanzend spoor van sperma bungelde aan de punt.

Zijn versufte ogen bleven op Ginas gericht toen haar mond haperde en het bloed op haar onderlip stroomde.

Hij slaagde erin het woord 'bitch' te gorgelen voordat hij achteruitbrak en tegen de deur knalde.

Gina staarde hem even aan, haar borst ging op en neer voordat ze een gekke lach begon te geven. Zijn plan was gelukt.

Eerste keer. Ze had hem in de spiegel zijn ogen zien sluiten terwijl hij klaarkwam, en ze genoot van het feit dat hij de aanval zoveel gemakkelijker had gemaakt.

Ze pakte haar kleren en kleedde zich snel aan, deze keer trok ze haar slipje weer aan.

Ze reikte naar haar tas en schopte haar aanvaller met de scherpe punt van haar hiel. Toen spuugde ze in zijn gezicht.

"Dat komt omdat je me een hoer noemt, klootzak!"

Hij duwde zijn lichaam naar achteren zodat hij de deur kon openen.

De achterkant van zijn schedel raakte met een plof het tapijt toen hij de deur opendeed.

Ze liep op haar tenen over het met bloed doordrenkte lichaam en ging de slaapkamer binnen.

Ze keek naar Johns lichaam op het bed.

Bloed op de vloer.

Bloed op het bed.

Dood waar hij ook keek.

Het was te veel.

Gina rende de kamer uit en de wenteltrap af, zo snel als haar hielen haar konden dragen. Paarse driehoeken bevlekten de grond toen ze langskwam.

Onder aan de trap stopte ze, veegde haar tranen weg en controleerde haar gedachten.

Die levensstijl had alles voor haar verpest.

Hij had haar ellendig gemaakt en cynisch over mannen.

Hij had zijn moraal gereorganiseerd.

En die dikke dode klootzak was een van de ergste met zijn corrupte manieren en vuile fantasieën.

Hij was een rolmodel in de samenleving, maar hij verspreidde en besmette alles wat hij aanraakte met zijn corrupte manieren.

Inclusief hen.

Het had van hem iets gemaakt wat zij niet was.

En nu had hij haar in een moordenaar veranderd.

Ze had een moord gepleegd uit zelfverdediging en de stront in een plas bloed verdiende alles wat haar was overkomen.

Maar ze wist dat ze het nooit zou vergeten.

Hoe hij haar had mishandeld alsof ze niets meer was dan een smerige hoer, en hoe zijn lichaam haar had verraden door met plezier te reageren op de aanraking van zijn smerige en moorddadige handen.

Hoeveel andere meisjeslevens moeten deze twee hebben geruïneerd?

En hoeveel bleven deze meisjes lijden?

Ik zal niet meer lijden, dacht Gina.

Hij rende de trap op en de slaapkamer in.

De aanblik van de twee lijken deed haar overgeven, maar ze slikte de misselijkheid met één elleboog in en ging naar bed.

Johns gezicht was een masker van afschuw, zijn mond zwart en wijd als een vis, zijn ogen bevroren van angst.

Gina wendde haar blik af en zocht naar de gouden armband om haar dikke pols.

Er was een dun rechthoekig medaillon dat de ketting op zijn plaats hield.

Ze opende het en las het nummer erin: 47689.

Ze herhaalde het nummer in haar hoofd als een mantra, sloot het medaillon en stak haar hand in haar zak.

Hij pakte een zakdoek en veegde de vingerafdrukken van het medaillon.

Hij wierp John nog een laatste minachtende blik toe voordat hij zich omdraaide en de trap af rende.

Hij rende door de gang tot hij bij Johns studeerkamer was en deed de deur open.

Hij speurde de kamer af tot zijn ogen vielen op waar hij voor kwam.

Jan is veilig.

Hij had opgeschept over de inhoud tijdens een van Gina's bezoeken en zij had gevraagd wat erin zat.

'Mooie sieraden,' zei hij met een arrogante glimlach.

'Het is meer waard dan dit hele huis.'

Toen tikte hij op de ketting om zijn pols en legde zijn vinger op zijn lippen.

"Sst".

Gina ging naar de kluis aan de muur en koos de combinatie.

De kluis klikte om aan te geven dat deze geopend kon worden.

Ze opende de stalen deur en keek naar binnen.

Op een stapel bruine enveloppen lag een fluweelachtig rood juwelendoosje.

Gina voelde een brok in haar maag.

Ze opende het en vond de meest ongelooflijke diamanten halsketting die ze ooit had gezien. Haar prachtig bewerkte stenen schitterden met een filmisch effect.

'Het is meer waard dan dit hele huis,' fluisterde ze tegen zichzelf.

Genoeg om al je schulden af te betalen en nog wat.

Haar hart klopte in haar borst, ze sloot het deksel en stopte het juwelendoosje in haar zak.

Toen sloot ze de kluis en wreef de zakdoek over eventuele vingerafdrukken.

Ze haastte zich de studeerkamer uit en de gang door naar de voordeur, controlerend of haar hielen geen belastende sporen op haar glanzende planken hadden achtergelaten.

Niet van jou.

Ze deed de deur van het huis open.

De koele, zachte lucht raakte haar wangen terwijl ze de nacht in dreef en het gewicht van de aanwezigheid in huis viel onmiddellijk van haar schouders.

Eindelijk vrij, rende ze de grindoprit af, sprong in haar auto en gooide haar tas op de passagiersstoel.

Ze liet haar hoofd op het stuur vallen en slaakte een lage, hese kreet.

Uitgeput en uitgeput reikte ze in haar zak en haalde haar mobiele telefoon eruit.

Ze belde 911.

"Politie alstublieft, ik heb net een man vermoord."

EINDE

www.ingramcontent.com/pod-product-compliance
Lightning Source LLC
Chambersburg PA
CBHW060453160726
47992CB00003B/1200